Tucholsky   Wagner   Zola   Scott   Schlegel
Turgenev   Wallace   Fonatne Sydow   Freud

Twain   Walther von der Vogelweide   Fouqué   Friedrich II. von Preußen
         Weber   Freiligrath   Frey
Fechner Fichte Weiße Rose von Fallersleben Kant Emst Richthofen Frommel
         Engels   Fielding   Hölderlin
Fehrs   Faber   Flaubert   Eichendorff   Tacitus   Dumas
         Maximilian I. von Habsburg Fock   Eliasberg   Zweig   Ebner Eschenbach
Feuerbach   Ewald   Eliot   Vergil
         Goethe   Elisabeth von Österreich   London
Mendelssohn Balzac   Shakespeare   Dostojewski   Ganghofer
         Trackl   Stevenson Lichtenberg Rathenau   Doyle   Gjellerup
Mommsen   Tolstoi   Hambruch
         Thoma   Lenz   Hanrieder   Droste-Hülshoff
Dach   Verne   von Arnim   Hägele   Hauff   Humboldt
         Reuter   Rousseau   Hagen   Hauptmann   Gautier
Karrillon   Garschin   Defoe   Baudelaire
         Damaschke   Descartes   Hebbel
Wolfram von Eschenbach   Schopenhauer Hegel   Kussmaul   Herder
         Bronner   Darwin   Dickens   Rilke   George
                   Melville   Grimm Jerome   Bebel
         Campe   Horváth   Aristoteles   Proust
Bismarck Vigny   Barlach Voltaire Federer   Herodot
                   Gengenbach   Heine
Storm   Casanova   Lessing   Tersteegen   Gilm Grillparzer Georgy
         Chamberlain   Langbein   Gryphius
Brentano   Lafontaine
Strachwitz Claudius   Schiller   Kralik Iffland Sokrates
         Katharina II. von Rußland Bellamy Schilling
                            Gerstäcker   Raabe   Gibbon   Tschechow
Löns   Hesse   Hoffmann   Gogol   Wilde   Gleim   Vulpius
Luther Heym   Hofmannsthal   Klee Hölty   Morgenstern   Goedicke
Roth   Heyse   Klopstock   Homer   Kleist
Luxemburg   Puschkin   Horaz   Mörike   Musil
         La Roche
Machiavelli   Musset   Kierkegaard   Kraft Kraus
Navarra Aurel   Moltke
Nestroy Marie de France   Lamprecht Kind Kirchhoff Hugo
                              Laotse   Ipsen Liebknecht
Nietzsche   Nansen   Marx   Ringelnatz
von Ossietzky   Lassalle Gorki   Klett   Leibniz
         May   vom Stein   Lawrence   Irving
Petalozzi Platon   Knigge
Sachs   Poe   Pückler   Michelangelo   Kock   Kafka
         de Sade Praetorius   Mistral Liebermann Korolenko
                                         Zetkin

Der Verlag tredition aus Hamburg veröffentlicht in der Reihe **TREDITION CLASSICS** Werke aus mehr als zwei Jahrtausenden. Diese waren zu einem Großteil vergriffen oder nur noch antiquarisch erhältlich.

Symbolfigur für **TREDITION CLASSICS** ist Johannes Gutenberg (1400 — 1468), der Erfinder des Buchdrucks mit Metalllettern und der Druckerpresse.

Mit der Buchreihe **TREDITION CLASSICS** verfolgt tredition das Ziel, tausende Klassiker der Weltliteratur verschiedener Sprachen wieder als gedruckte Bücher aufzulegen – und das weltweit!

Die Buchreihe dient zur Bewahrung der Literatur und Förderung der Kultur. Sie trägt so dazu bei, dass viele tausend Werke nicht in Vergessenheit geraten.

Der Aesthet

Eine immerhin recht merkwürdige Geschichte

Hermann Harry Schmitz

Impressum

Autor: Hermann Harry Schmitz
Umschlagkonzept: toepferschumann, Berlin

Verlag: tredition GmbH, Hamburg
ISBN: 978-3-8424-7081-1
Printed in Germany

Text der Originalausgabe

Hermann Harry Schmitz

Der Aesthet

Eine immerhin recht merkwürdige Geschichte

I.

Er erbrach sich gerade, als ich mich ihm vorstellen wollte. Da ließ ich es vorläufig und ging nach unten.

Es war an Bord der Bocognano der Compagnie Fressinet auf der Fahrt von Marseille nach Bastia.

Ich fuhr nach Corsica, weil mein Billett dahin lautete.

Ein Onkel hatte sich mit viel Liebe eine Mittelmeer- und Orientreise zusammengestellt und war, ehe er die Reise antreten konnte, das vollständige Reiseheft von Cook bereits in Händen, im Begriff, in einem nicht ganz eine halbe Stunde entfernten Nachbarort noch schnell eine Hypothekenangelegenheit zu ordnen, das Opfer eines Eisenbahnunfalls geworden und gestorben.

Wir beerbten den Onkel.

Die Reise mußte gemacht werden, da Cook das Billett nicht zurücknehmen wollte.

Meine Familie hatte stets mein Bestes im Auge. Ich ließ mich überreden, des Onkels Reise zu unternehmen. Natürlich wurde mir das Billett zum vollen Wert an dem auf mich entfallenden Teil der Erbschaft abgesetzt. Man wollte nur mein Bestes – o gewiß.

Oberitalien und die Riviera bis Marseille hatte ich gewissenhaft erledigt und schon die seltsamsten Sachen erlebt. Nun ja, man ist jung, lernbegierig, unternehmungslustig, nicht wahr. –

Marseille hatten wir gegen 5 Uhr nachmittags verlassen, und so um die gleiche Zeit anderen Tages sollten wir in Bastia eintreffen. Im letzten Augenblick an Bord gekommen, hatte ich die Ausfahrt aus dem Hafen und einen Abschiedsblick auf Notre Dame de la Garde noch genossen und war dann in die Kajüte hinabgestiegen, um mich vor allem mal nach dem Verbleib meiner Koffer und nach meiner Kabine umzuschauen.

Mein Gepäck befand sich schon in der Kabine. Ich atmete erleichtert auf, es fehlte nichts. Im Gegenteil, auf dem Kabinentisch lag ein fremdes, unangenehm aussehendes Paket, in eine ziemlich mitgenommene Zeitung geschlagen, so ein Paket, wie es Näherinnen und

Waschfrauen, die außer Hause arbeiten, bei sich zu führen pflegen. Kein Mensch weiß, was darin ist. »Athinai« las ich. Es war eine griechische Zeitung. Hm. Ich interpellierte den Steward.

Es werde dem anderen Herrn gehören, meinte der.

Richtig, die Kabine war zweibettig.

Wer der Herr sei?

Der Steward brachte mir die Schiffsliste.

»Professor Kaspar Moritz Mauzfies«, stand da angegeben.

Mauzfies! Mauzfies! So hieß doch der Verfasser des sensationellen Buches »Ästhetische Maximen«, worin voller Ekel vor der heutigen allgemeinen Lebensführung ein neues Leben auf künstlerisch-ästhetischer Grundlage gepredigt wurde. Kaspar Moritz Mauzfies – ein Irrtum war ausgeschlossen, es konnte nur der Apostel dieser glühend verkündeten neuen Lebenskunst, dieses dithyrambisch gepriesenen neuen Hedonismus, sein. In der Presse wurde er mit seiner Lehre zwar reichlich veralbert, aber nichtsdestoweniger hatte er sofort nach Erscheinen seiner Maximen eine Gemeinde exklusiver Schöngeister gefunden, die ihn in entzückenden Tönen als den Bringer neuer Werte, als den Messias eines Lebens in Schönheit ausrief.

Ja, stellenweise hatte das Buch von Mauzfies seltsame Verwirrungen angerichtet. So war in meiner Vaterstadt Düsseldorf die bis dahin ganz vernünftige Frau eines Notars nach seiner Lektüre dem Ästhetenkoller verfallen. Sie erklärte eines Morgens zum Entsetzen ihrer Umgebung, nur noch in matter Dämmerung leben zu können, keine andere Nahrung als das Mark von Bananen, mit Heliothropenöl beträufelt, dargereicht auf einer von Benvenuto Cellini gearbeiteten goldenen Schale, genießen zu können, und im übrigen ihre Tage von jetzt ab träumend im Anblick einer römischen Gemme oder eines altvenetianischen Glases verbringen zu wollen. Darüber ging die ganze Haushaltung zugrunde, Gatte und Kinder verkamen.

Das hätte ich ja famos getroffen, wenn mein Kabinengenosse der vielumstrittene Ästhet wäre! Eine glänzende Gelegenheit, eine Renommierbekanntschaft zu machen, die sich später zu Hause wundervoll ausschlachten ließ! Um es nur zu gestehen, ich bin ein bißchen Streber und sonne mich gern in Beziehungen zu Berühmtheiten. Gott, was nützt dich alles Können, alles Talent, blöke der Menge entgegen: »Hier, ich bin was, ich kenne den bekannten Soundso!« und sie wird dich wichtig nehmen. Ich kannte den Friseur einer Fürstlichkeit, das hatte mir schon unendlich genützt.

Nun sollte Kaspar Moritz Mauzfies mit mir in einer Kabine schlafen. Von Angesicht zu Angesicht würde ich ihn sehen. Unterhalten würde ich mich mit dieser Berühmtheit. Ich verspürte Herzklopfen. »Na ja, Professor Mauzfies meinte auch« – »Wer, der berühmte Mauzfies?« – »Na ja, wir hatten eine Kabine zusammen auf der Überfahrt nach Corsica.« So würde ich wohl einmal sprechen können.

Ein geheimnisvolles Dunkel umgab die Persönlichkeit des Ästheten. Niemand von seinen Anhängern selbst konnte etwas Genaues über ihn sagen. Einige behaupteten, er sei der Idealtyp seiner Schönheitsdoktrin, aber wirklich gesehen hatte ihn noch keiner. So viel stand fest, er war ein Sonderling und lebte stets auf Reisen.

Ein unerhört glücklicher Zufall also. Jetzt bloß nicht die Sache verkorksen. Vorstellen, in aller Form vorstellen mußte ich mich ihm als Kabinengenosse, und zwar sogleich. Das verlangte der Anstand des korrekten Deutschen! Man hatte nicht umsonst seine Erziehung genossen.

Freilich – das Paket, das malpropere Paket! Nach einem Ästheten sah es eigentlich nicht aus.

»Der Herr muß an Deck sein«, antwortete der Steward auf mein Befragen. Er sei schon lange vor Abfahrt an Bord gekommen, habe sich die Kabine ausgesucht und das Paket – anderes Gepäck habe er nicht bei sich – auf dem Tisch deponiert.

Wie er aussehe?

»*Un drôle de type* – er trägt eine Mütze mit einem gelben Zelluloidschirm.«

Ich stieg etwas unsicher nach oben.

Wir waren mittlerweile in die offene See hinausgekommen, die Bocognano stampfte bei dem starken Wellengang erheblich. Auf Deck waren nur einige wenige Tapfere, die dem Wetter Trotz boten.

Abseits an der Reling lehnte ein untersetzter Mann in einer Mütze, wie sie Besitzer von Dampfkarussells auf Jahrmärkten tragen oder kleine Beamte, wenn sie sonntags eine Radpartie machen.

Das wäre mein Kabinengenoß? Sonst war niemand an Deck mit einer Celluloidschirmmütze.

Einen Ästheten hatte ich mir ein wenig anders gedacht.

Dieser Herr trug eine schwarze Kammgarnhose, die wie alle Kammgarnhosen sehr glänzte und ins Grünliche spielte. Graue Harmonikasocken hingen traulich über ausgetretenen Zugstiefeln. Eine in der Farbe unbestimmbare Weste war weit genug ausgeschnitten, um trotz der Deckkrawatte noch einem braunen, sehr braunen Jägerhemd etwas Ausblick zu gewähren. Dazu ein zu kurzer Gehrock aus dem gleichen Stoff wie die Hose. Der einzige weiße Fleck an der Garderobe war ein Papierkragen, ultra schick mit zarten, duftig blauen Streifen, der verriet, daß der Träger den feineren Nuancen der Mode doch nicht so völlig fremd gegenüberstand.

Das Gesicht hatte er abgewandt.

Mir schien, als ob der ganze Kopf ein einziger, wilder, ungepflegter Haarwust sei.

Ein amerikanischer Exzentriker in der sehr vernachlässigten Kleidung eines kleinen Agenten für Viehversicherung, stellte ich bei mir fest.

Indes, Mauzfies galt für einen Sonderling, das war zu berücksichtigen.

Manche rauhe Schale birgt köstlichen Kern.

Ich reckte mich, wiederholte noch einmal leise, was ich mir zurechtgelegt hatte, und wollte gerade auf ihn zugehen, als er sich plötzlich über die Reling beugte und interessiert in die hochgehenden Wogen des Azurmeeres starrte.

Und jetzt blickte er sich kurz nach mir um.

Herrgott, das Gesicht! Entsetzlich! Eine Goyasche Fratze, in der eine tolle Kartoffelnase dominierte und vielleicht drei Wochen alte Bartstoppeln kaum viel Edles zu verdecken hatten.

Aber originell, entschieden originell.

Die Wiedergeburt des Diners nahm seine ungeteilte Aufmerksamkeit in Anspruch. Für eine Annäherung ein ungeeigneter Augenblick. Ich beschloß daher, der Sache fürs erste ihren Lauf zu lassen, und zog mich diskret zurück.

II.

Unruhige Gestalten füllten die Kajüte, die nach tausend Ratschlägen und Rezepten mit Kognak, Rotwein, Kaffee, Tee, durch sehr reichliches Essen, absolutes Hungern, durch Stillsitzen auf einer Stelle, durch fortgesetztes Hinundherlaufen sich gegen das dräuende Gespenst der Seekrankheit zu wappnen gedachten. Der französische Schiffskondukteur versuchte vergeblich, zwei händeringenden verwirrten, alten Tanten, die durcheinander Deutsch auf ihn einredeten, etwas zu erklären. Er bat mich als Dolmetsch heran. Die beiden Damen, die aussahen, als ob sie aus Ohligs oder Hilden stammten, klammerten sich nun an mich und beschworen mich, ihnen zu bestätigen, daß die Bocognano nach Genua fahre. Mit einiger Befriedigung konnte ich dieses verneinen und ihnen sagen, daß sie sich auf der Fahrt nach Corsica befänden.

Großes Gejammer. Man sollte sich beschweren, kreischte die eine, »Anhalten, sofort anhalten!« johlte die andere.

Der Kondukteur verfügte sich achselzuckend in seine Klause.

Man hielt sich an mich.

Dazu komme noch, daß ihr Gepäck nicht auf der Bocognano sei. Durch den Hoteldiener, der ihnen auch die Fahrkarten nach Genua besorgt habe, sei das Gepäck bereits am Tage vorher auf den Dampfer geschafft worden.

Dann sei wohl mit ziemlicher Sicherheit anzunehmen, daß wenigstens das Gepäck auf das richtige Schiff geraten sei, was doch immerhin in gewissem Maße eine Beruhigung sei, suchte ich zu trösten.

Aber meine Trostgründe überzeugten die Unglücklichen nicht. Außerdem begann noch das Spiel der Wellen seine Wirkung auszuüben. Sie wurden grün im Gesicht. Schon würgend flehten sie mich an, ihnen einen Rat zu geben.

Ich konnte ihnen für den Augenblick nur raten, sich in der Nähe eines Gefäßes aufzuhalten.

Mein Rat kam zu spät. Ich konnte noch eben zur Seite springen.

Ich drückte mich, da die Unterhaltung mit den beiden verfehlten Wesen nichts Anziehendes mehr versprach, und beschloß, wieder an Deck zu gehen, um zu sehen, ob ich mich nun bei Mauzfies anbringen könne.

Das opulenteste Diner muß doch einmal ein Ende nehmen.

Mauzfies war sein Diner augenscheinlich los. Er stand an seinem alten Platz, hielt das Geländer umklammert und starrte vor sich hin.

Der Mann sah schlimm aus, ganz schlimm.

Gott, ja, sagte ich mir aber, was bei einem gewöhnlichen Menschen als Schweinerei bezeichnet werden kann, wird bei einem Denker und Weisen wie Mauzfies zur berechtigten Eigentümlichkeit. Vielleicht kostet er nur den Reiz des Kontrastes, wer will darüber entscheiden bei einem so tiefrätselhaften, originellen Kopf.

Der große Augenblick war gekommen.

Die Bocognano tanzte doch verflucht.

Ich stolperte und schwankte auf ihn zu. – Da prallte eine heimtückische Welle gegen Backbord. Ich verlor das Gleichgewicht und schoß mit gellendem Schrei quer über die Planken gegen Mauzfies, den ich in meiner Kopflosigkeit faßte. Er verlor den Halt, und wir wälzten uns hilflos in trauter Verschlingung auf dem Deck herum. Es war mir offen gestanden riesig peinlich. Kugelnd bemühte ich mich, meinen Namen zu nennen und eine Entschuldigung zu stammeln. Es gelang nicht so recht. Eine mitleidige Woge, die die Bocognano am Bug traf, daß sie jäh aufstieg, schleuderte uns gegen einen Aufbau. Wir saßen uns gegenüber und stierten einander blöde und verblüfft an.

Himmel, der Mensch hatte ja auch nur ein Auge!

Ich sammelte mich, so gut es ging, stellte mich vor, entschuldigte mich.

»Die große, schöne Linie der klassischen Ruhe fehlt Ihnen, junger Herr!« erhielt ich zur Antwort.

Ich zitterte vor Erregung – es war trotz allem bestimmt der Verfasser der ästhetischen Maximen.

»Pfui – Kajütendunst – Speisegeruch!« murmelte mein Gegenüber, worauf er sich mit vieler Mühe auf die Beine stellte und in
grotesken Sprüngen an die Reling zurück balancierte.

Der Mann ist mir böse, sagte ich mir. Ich muß mich ihm richtig
mit Hackenanschlagen vorstellen, ihm klar machen, daß ich kein
Prolet sei und den unglücklichen Zwischenfall nicht beabsichtigt
habe.

So huschte ich denn diesmal mit unendlicher Vorsicht an ihn heran und erklärte ihm, mich malerisch am Geländer stützend, wie
sehr ich bedaure, die Ursache seines Sturzes geworden zu sein, bat
ihn um Verzeihung und stellte mich ihm wirklich vollendet vor.
Und dann sagte ich noch etwas von großer Ehre, mit dem berühmten Verfasser der ästhetischen Maximen, die ich mit Begeisterung
gelesen habe, eine Kabine teilen zu dürfen.

»Ich liebe so die violetten Tönungen eines sterbenden Tages, die
Phonetik der Wellen und des Windes! – – Also wir schlafen in einer
Kabine. Sie sind Deutscher? Ich liebe die Deutschen nicht, sie haben
so wenig Gefühl für die Form.«

Er sprach langsam schleppend, ohne Modulation.

»Verzeihen Sie, Herr Professor, Sie haben sich vorne sehr häßlich
bekleckert«, konnte ich nicht unterlassen zu bemerken – er hatte in
mir das Nationalgefühl verletzt.

»Ich verabscheue Deutschland«, fuhr er unbekümmert fort. »Die
Grazie ist dort tot, die Kunst eine Geschäftssache, ein Luxusartikel,
der hinter dem Auto und dem Weinkeller rangiert. Mit Fortschritten
auf realen Gebieten hat man das Höchste, die Phantasie, eingebüßt.
Ich schrieb meine Maximen und wurde in Deutschland ausgelacht.
Erfindet heute jemand einen Motor von erhöhter Kapazität oder
eine billigere Methode der Stahlfabrikation oder irgend sonst etwas
derartig Gleichgültiges, so wird er als Menschheitsbeglücker gefei-
ert. Ich frage Sie: Sind wir mit all unseren Erfindungen glücklicher
geworden als unsere Vorfahren? Mitnichten. Ich lehre die Menschen
das wahre Glück, erziehen will ich sie, angesichts der Wunder der
Kunst das kleinliche Leben mit seinen Nöten zu verlachen, den
praktischen Verstand zu überwinden, kurzum zum Leben in

Schönheit. – Botticelli«, flüsterte er darauf unvermittelt. »Botticelli!« wiederholte er lauter. »Botticelli!« schrie er über das Meer.

»Botticelli!« brüllte ich aus Leibeskräften, verstummte aber schnell und wurde sehr kleinlaut, da er mich durchbohrend anschaute.

War's sein natürliches Auge oder sein Glasauge? Ich wußte es in diesem Augenblick nicht.

Ich hatte wohl mein Einjähriges, hielt mich überhaupt für ganz nett gebildet, allein dem, was Mauzfies verzapfte, fühlte ich mich doch nicht so völlig gewachsen. Ich hatte eine Heidenangst, er würde das merken und sich von mir abwenden. In solchen Fällen tut man am besten, man stellt sich enthusiasmiert.

»Die große, befreiende Geste werden wir in Deutschland nie erleben«, sagte er prophetisch, dabei rutschte ihm die Deckkrawatte bis unters Kinn. Noch immer sah er mich prüfend an.

Ich bekam einen roten Kopf.

»Sie wollen sich länger in Corsica aufhalten, Meister?« fragte ich unverschämt.

»Eroberung der Luft – jawohl!«

Mein Kopf wurde noch röter.

»Eines Bildes wegen fahre ich nach Corsica, verstehen Sie?« schnauzte mich der Ästhet abrupt an.

Das sollte der Teufel verstehen. Ich flüsterte: »Gewiß«.

»Die Herzogin Gonzo di Vizzerona-Forli hat in ihrem Schloß bei Bastia einen Botticelli, den ich noch nicht kenne. Sie werden sich erinnern, daß vor Jahren auf geheimnisvolle Weise aus dem Palazzo Riccardi in Florenz das Bildnis der Lena Griffi verschwand.«

Niemals habe ich mich ostentativer erinnert.

»Botticelli malte die große venezianische Buhlerin. Dieses Bild besitzt die Herzogin.« Wie ein Geheimnis raunte er mir das ins Ohr.

Nie in meinem Leben bin ich sichtlicher erstaunt gewesen. Der Mund stand mir offen, ich mußte mir einen gelinden Stoß unter die Kinnlade geben.

»Tränen, von Göttern geweint,
Wurden Venedigs Kristall«,

deklamierte er voll Pathos, wobei er die »r« rollte, daß sie bis zu mir
herüberspritzten. »Der Herzogin wunderbare Sammlung veneziani-
scher Gläser werde ich sehen, werde ich erleben, werde ich trinken!
Verstehen Sie, trinken!« Wieder schrie er mich ohne Grund an.

Jedenfalls wußte ich jetzt, was er auf Corsica wollte.

»Jawohl, trinken, trinken, trinken!!« schrie ich noch lauter.

Abermals blickte er mich durchdringend an, nun zweifellos mit
dem richtigen Auge, das ein wenig blutunterlaufen war.

»Venezianisches Glas ist für mich Mozart«, sagte er.

Es schien mir, als ob er zutraulicher würde.

»Ich komme von Griechenland« – er besah interessiert den Zahn-
stocher, mit dem er zuvor im Munde gebohrt hatte, – »ich sage
Ihnen, drei Monate Griechenland machen einen immun auf einige
Zeit selbst gegen Deutschland. Ich habe Griechenland hineinge-
schlungen, gewälzt habe ich mich in Kultur!« Und er stieß auf.

Es war mittlerweile dunkel geworden, mich fror.

Ich machte den Vorschlag, nach unten zu gehen.

»In sternenlosen, schwarzen Nächten schreitet Pan über das
Meer. Ich bleibe noch hier. Bestellen Sie mir beim Steward ein Côte-
lette à la Robert – – ich komme in einer halben Stunde nach.

Un drôle de type. Ich war noch ganz dösig.

In der Kajüte hatten sich mit dem Wetter auch die Gemüter beru-
higt. Man saß hohlwangig in Gruppen beisammen und erzählte sich
von Fällen, wo die See noch viel höher gegangen sei und wo man,
natürlich stets der Erzähler ganz allein, nur mit dem Kapitän bei
Tisch gesessen habe.

Ich entledigte mich meines Auftrages und kroch, da ich von
Mauzfies für heute genug hatte, nach einem kleinen Imbiß in meine
Koje. Auch wollte ich mir vor Mauzfies das obere Bett sichern.

Einen scheuen Blick noch warf ich auf das mysteriöse Paket auf dem Tisch, dann schlief ich bald ein.

Ich schlief wie ein Dachs.

III.

Als ich wach wurde, schien der Tag durch die Luke.

Mauzfies war bereits auf. Er tanzte in Unterhosen durch das Gemach und versuchte stöhnend, sich seine Krawatte um den Hals zu winden.

Ich halte es nicht für recht, eine Unterhose, die ursprünglich gelbbraun war, so lange zu tragen, bis sie Farbe und Ansehen von ägyptischen Mumienbändern hat. Mauzfies schien anderer Ansicht zu sein.

Ich mußte weggucken, ich konnte es nicht mitansehen. Das Zeitungspaket lag noch ungeöffnet auf dem Tisch.

Nachdem ich mich einigermaßen gesammelt hatte, wünschte ich ihm einen guten Morgen.

Die Deckkrawatte baumelte endlich auf der Brust herum, die Mumienhose war unter der kammgarnenen verschwunden. Mauzfies stand an der Luke und schaute sinnend hinaus auf das Meer.

»Ein Corotscher Morgen. Die Geburt des Tages aus der Unendlichkeit der Nacht. Ja, der göttliche Franzose hat das geheimnisvolle, überwältigende Wunder begriffen. Oder kennen Sie einen Künstler, der das ebenfalls noch malen könnte?«

Ich versicherte, keinen zu kennen, obgleich ich an anderes dachte. Der Schreck über die Unterhose saß mir noch in den Gliedern. Und dann beunruhigte mich ernstlich das Paket auf dem Tisch. Man muß doch auf der Reise Koffer haben, ein Reisenecessaire, eine Plaidhülle, einen Hutkoffer und so. Ohne daß ich es eigentlich wollte, preßte ich die Frage heraus: »Haben Sie, verehrter Meister, Ihr großes Gepäck vorgeschickt?«

»Turner hatte Gluten auf seiner Palette. Visionen trunkener Märchen oder die Vorstunde furchtbarer Tragödien sehe ich in seinen Bildern.«

Sein Quatsch begann mir auf die Nerven zu gehen, ich nahm mich aber zusammen und sagte träumerisch: »Ja, dieser Turner!«

»Gepä-ä-ä-ck« erinnerte er sich nun. »Dort – und er wies auf sein Paket – »*omnia mea mecum porto!*«

Na, seine *omnia* waren auch danach. Die Herzogin wird eine Freude haben.

Ich erfuhr im Verlaufe des Gesprächs, daß er seit langem mit ihr in Korrespondenz stand und ihrer ausdrücklichen Einladung folgend nach Corsica ging. Das imponierte mir doch wieder gewaltig.

Unterdessen war er mit seiner Toilette fertig geworden. Er verließ die Kabine. Gewaschen hatte er sich nicht, sein Waschbetrieb war unberührt.

Den ganzen Tag über hielt ich mich an ihn. Ich schien einen Stein bei ihm im Brett zu haben. Er würdigte mich längerer Erläuterungen über seine ästhetischen Ziele. Unvermittelt sprang er von einem Thema zum anderen. Zwischendurch schnauzte er mich auch rücksichtslos an, wenn er auf meinem Gesicht zu lesen glaubte, ich hätte nicht kapiert. Aber von einem Manne, der eine Herzogin zu besuchen im Begriffe war, ließ ich es mir willig gefallen und sah andauernd beflissen und sehr verständig drein. Bisweilen schien es mir, als ob er mich ganz seltsam anblicke. Etwas Dämonisches lag dann in diesem Blick. Aber ich gebe zu, daß das mit seinem Glasauge zusammenhängen mochte, an das ich mich einfach nicht gewöhnen konnte und das mich mehr und mehr ängstigte.

Corsica in Sicht! Hieß es nachmittags gegen halb sechs Uhr plötzlich.

Ein dunkeler Streifen am Horizont wurde uns von den Matrosen als die Insel der Vendetta bezeichnet.

Im Hotel l'Ingénieur in Bastia sollte mein seliger Onkel wohnen – also ich gleichfalls.

»Für das Hotel l'Ingénieur habe auch ich mich entschieden«, erklärte Mauzfies und schaute mich wiederum so unheimlich an. Ich starrte ihm ins Glasauge, wie gebannt kam ich fast nicht los davon. Ein Grauen beschlich mich. Was würde aus alldem noch werden?

Die Dämmerung war schon ziemlich weit vorgeschritten, als wir im Hafen von Bastia einliefen.

Phantastische Gestalten kletterten, während der Dampfer noch mitten im Hafen lag, aus kleinen Kähnen an Bord, stürzten sich wie Besessene in die Kabinen und zogen unter Triumphgeschrei mit den Gepäckstücken ab.

Ich sah Mauzfies erbleichen. Man hatte ihm sein Zeitungsbündel entführt. In einer merkwürdigen Besorgnis, die von seinem bisherigen unveränderlichen Gleichmut solchen Dingen gegenüber auffallend abstach, lief er hin und her.

Die Bocognano hatte am Kai festgemacht, und man konnte an Land gehen.

Alles drängte und stürmte auf eine Stelle zu, an welcher die wahnsinnigen Packträger das Gepäck kunterbunt zusammengetürmt hatten.

Ich kriegte mir eine verdächtige Sträflingstype zu packen und ließ meinen Kofferkram aus dem Wust hervorzerren und zu dem Omnibus des Hotel l'Ingénieur schaffen.

Mauzfies sah ich im Getümmel wild gestikulierend, auf- und abrennen – er hatte sein kostbares Paket noch nicht entdeckt.

Nachdem meine Koffer glücklich auf dem Dach des vorsintflutlichen Hotelwagens verstaut waren, stellte sich der Facchino, ein gedrungener Sarazene, vor mich hin und hielt mir drohend sechs dreckige Finger unter die Nase, was heißen sollte, ich hätte für den Gepäcktransport sechs Franken zu zahlen.

Ich bin ein vornehmer Mensch und wollte den Mann nicht kränken, aber sechs Franken waren mir doch zu viel. Ich versuchte, ihn in einem zwanglosen Gemisch sämtlicher romanischer Sprachen logisch zu überzeugen, daß seine Forderung entschieden zu hoch sei. Er gab mir einen Faustschlag vor die Brust, daß ich gegen den Wagen flog.

Ich schaute mich hilfesuchend um.

Mauzfies stand inmitten einer Schar der Seeräuber und warf, wild die Arme schwingend, mit den schauerlichsten italienischen Matrosenflüchen um sich. Die schöne Linie der klassischen Ruhe war ihm unbedingt abhanden gekommen.

Die Situation wurde bedenklich.

Dolche wurden gezückt.

Ich versuchte mich ebenfalls aufs Schimpfen zu verlegen und schrie ein über das andere Mal »*characho*« – das einzige italienische Schimpfwort, das mir in der Not einfiel und dazu noch spanisch war.

Mauzfies war besser daran als ich, er wußte gemeine Schimpfworte.

Da man mir mit einem kurzen Schlag von hinten den Hut über die Ohren trieb, wich ich der Brutalität und drückte dem Halunken haßerfüllt sechs Franken in seine schwielige Rechte.

Man ließ mich in den Wagen steigen. Ich fühlte mich nun einigermaßen geborgen und rief aus dem Fenster: »Schutzmann!« Ah, das nutzt dir hier nichts. Krampfhaft strengte ich mein Gehirn an. Weder die französische noch die italienische Bezeichnung für einen Polizisten fiel mir ein. Ich rief auf gut Glück: »*Bersaglieri, Bersaglieri!*« Niemand nahm von mir Notiz.

Mauzfies, umgeben von der Gruppe gefährlich aussehender Gestalten, stand am Wagen. Aus den wilden Gesten entnahm ich, daß das Paket auf dem Omnibusdach zwischen den anderen Koffern sein mußte.

Mauzfies begann den Aufstieg, um sich persönlich zu überzeugen.

Das Vorhandensein von Gichtknoten an den Händen, wie sie Mauzfies hatte, ist noch lange kein Beweis dafür, daß ihr Inhaber kein gewandter Turner ist. Mauzfies war es nicht.

Von hinten gezwickt und gezerrt, gelang es ihm nach langem Würgen und Stöhnen endlich, auf dem Rade stehend, das Geländer des Daches zu packen.

Elastisch, wie die Jugend ist, lachte ich mich im Wagen halb kaputt über die komische Figur, die Mauzfies abgab. Ich habe, scheint es, doch kein gutes Herz.

Mauzfies stieß plötzlich einen Schrei aus.

Er hatte sein Paket gefunden, eingeklemmt, rücksichtslos eingeklemmt zwischen meinen Koffern. Wütend begann er eine neue

Serie von Schimpfworten loszulassen. Einer der Marodeure fühlte sich verletzt, ging hin und zog Mauzfies an den Beinen. Mauzfies verlor den Halt auf dem Rade und zappelte, sich mit einer Hand krampfhaft am Gitter festhaltend, in der anderen Hand sein Paket, hilflos in der Luft.

Es sah verrückt aus. Ich barst vor Lachen.

Man hätte ihm Arme und Beine ausgerissen, wenn nicht endlich doch noch ein *agent de police* der Szene ein Ende gemacht und Mauzfies aus der unangenehmen Lage befreit hätte.

»Die tierischen Instinkte dieser Naturmenschen haben etwas Michelangeleskes«, meinte er, als er sich ächzend auf die Wagenbank niederfallen ließ.

IV.

Das Hotel l'Ingénieur war ein düsterer, hoher Bau.

Als ich durch das dunkele Tor in das Vestibül trat, hatte ich das Gefühl, hier kommt selten ein Reisender wieder lebendig heraus.

Aber das mußte man dem Hotel lassen, es wurde hier famos gekocht. Ein opulentes Mahl entschädigte uns einigermaßen für die vorausgegangenen Strapazen.

Ich saß an einem kleinen Tisch Mauzfies gegenüber und konnte mit einiger Genugtuung konstatieren, daß der Gute mit Vorliebe mit dem Messer aß, worin er es zu einer jongleurartigen Geschicklichkeit gebracht hatte.

»Ich speise so gerne von altem Sèvre-Porzellan«, sagte er und prustete mir dabei ein Stückchen Essen an die Backe.

»Ich speise so gerne hinter spanischen Wänden mit Watteau-Szenen«, erwiderte ich.

Pâté de Merle, eine korsische Spezialität, gab es unter anderem an diesem Abend.

Ich ließ ihm unklugerweise die Vorhand. Er sezierte die Pastete nicht untalentiert. Ich hatte bald die mir zukommende Amsel auf dem Schoß, während sein Stück lustig zwitschernd in hohem Bogen durch den Saal flog.

Es hat auch seine Nachteile, mit derartig berühmten Leuten zu verkehren.

»Lieben Sie die Maler der italienischen Renaissance?« fragte er, wobei ihm eine Fettperle übers Kinn auf den Gehrockaufschlag rann.

»Oh, wie ich diese großen Maler verehre!« erwiderte ich kauend und leuchtete mit den Augen.

»So kennen Sie das Bild der Giovanna Tornabuoni von Ghirlandaio, früher hing es in der Galerie Rudolf Kann zu Paris. Diese wunderbare Nackenlinie!« Entzückt schnalzte er mit der Zunge, und ich bekam einen leichten Pruster mit. »Göttliche Frauen des

Cinquecento! Diese schmalen, knabenhaften Körper! Die Frauen von heute erinnern mich immer an die karikaturistisch verschnittenen Taxusbäume des Rokoko. Wissen Sie was«, setzte er schnell hinzu, »kommen Sie mit zur Herzogin Vizzerona-Forli!« Und er warf mir einen lauernden Blick zu, gleichzeitig mit dem echten und dem künstlichen Auge, der mich erschreckte.

Na, mein Freund, ich werde schon gut aufpassen, gelobte ich mir im Innern. Denn daß ich, trotz der nicht ganz geheuerlichen Begleitumstände, zugreifen müßte, war mir klar. So verlohnte sich der ungemütliche Schwindel ja einigermaßen. Im übrigen: wenn er mich mitnahm, würde er es bei der Herzogin wohl zu verantworten wissen, mir konnte es egal sein. Ohne mich weiter zu besinnen, dankte ich mit allem gebotenen Überschwang für das Anerbieten und akzeptierte.

Nach dem Diner tuschelte er leise mit dem Kellner, der mich darauf, wie mir vorkommen wollte, mit einem gewissen Mitleid betrachtete. Dieser Kellner hatte ein glattrasiertes Gesicht und nur seitlich am viereckigen Kinn ein ekelhaftes Bündelchen langer schwarzer Haare stehen lassen. Das machte mir ihn von vornherein unsympathisch.

Mauzfies schlug vor, noch ein wenig in die Stadt zu gehen.

»Jede Stadt hat im Nachtleben ihre eigene Note«, fügte er hinzu.

Passiert mir etwas, so hat meine Familie die Schererei – das Billett muß dann ein anderer abfahren – ich war mit dem Bummel einverstanden.

Wir zottelten durch dunkele enge Gassen und gerieten in ein *Café chantant* niedrigsten Ranges. Matrosen und sonstige übele Individuen bildeten das Publikum.

Auf der primitiven Bühne behauptete ein Ungetüm von einer Chansonette mit sonorem Organ, sie sei die Königin von Madagaskar, wozu ein Mann, in einem zerschlissenen Sammetwams, der aussah wie ein Nichts, Klavier spielte. Man hätte ihm, weiß Gott, die Hände absägen sollen.

Mauzfies bestellte Absinth für uns beide. »*La sorcière atroce*«, sagte er; »ich liebe sie. Flüssiger Opal!«

Ich mag dies Getränk nicht, es schmeckt mir nicht und bekommt mir schlecht, ich wollte mich aber nicht blamieren und trank das Gift in großen Zügen.

Mauzfies' natürliches Auge hing an der Sängerin, es begann zu schillern.

Die Königin von Madagaskar machte einen letzten gigantischen Hupfer – mir kam es vor, als hätte man ein Klavier aus dem vierten Stock herabplumpsen lassen – und verduftete von der Bühne.

Mauzfies wetzte auf seinem Sitz hin und her, rief den Kellner und flüsterte ihm etwas ins Ohr.

Nach der Chansonette kamen drei Mädchen, die, obgleich sie sich *les trois belles de New York* nannten, sehr übel aussahen. Sie waren äußerst kurzatmig, was sie aber nicht hinderte, einen englischen Niggergesang unter erheblichem Beingeschmeiß abzukreischen.

Auf einem neben der Bühne angebrachten Plakat wurden die verehrten Gäste gebeten, nicht auf die Bühne zu klettern. Das Verbot hatte seinen guten Grund. Man mußte wirklich an sich halten, um nicht oben mit einigen kräftigen Faustschlägen dazwischenzufahren.

Ich trank wie ein Hafenarbeiter Absinth und wurde sehr rasch betrunken, grölte laut, während man oben sang, und amüsierte mich auf meine harmlose Weise. Kein Mensch nahm mir das übrigens übel.

Mauzfies hatte sich leise entfernt. Er saß in einer Ecke mit dem trojanischen Pferd von einer Chansonette, vor sich auf dem Tisch Sekt.

Ich hatte mich müde gegrölt, ich wurde traurig. Nachdem ich so viel bezahlt hatte, daß sich zwölf starke Männer dafür an Absinth gut hätten tottrinken können, wankte ich aus der Stätte dieser eigenartigen Lustbarkeiten.

Ein menschenfreundlicher Polizist griff mich irgendwo auf und gab mich am Hotel ab.

Ich stand stumpf in dem schwach erleuchteten Vestibül. Von irgendwoher kam eine Gestalt mit zugeklebten Augen und einer

Kerze und führte mich kreuz und quer viele Treppen hinauf in mein Zimmer.

Ich begann mich auszuziehen, drehte mechanisch noch die Uhr auf, warf mich, von der bleiernen Müdigkeit überwältigt, auf das Bett, das in holländischer Weise in die Wand eingelassen war. Sofort verfiel ich in einen todähnlichen Schlaf.

Ich weiß nicht, wie lange ich geschlafen hatte – es war noch total finster –, als ich durch ein seltsames Ächzen und Stöhnen dicht neben mir wach wurde. Entsetzt horchte ich auf das unheimliche Geräusch. Es war keine Täuschung, jemand stöhnte in meiner dichtesten Nähe. Ich sprang aus dem Bett und tastete auf dem Nachttisch nach den Streichhölzern, wobei ich meine Uhr herunterwarf. Ich erwischte die Streichholzschachtel, die mir natürlich bei dem Versuch, ein Zündholz anzustecken, geöffnet zu Boden fiel. Das Stöhnen wurde stärker. Mir stand der Alkoholschweiß auf der Stirn. In meinem Zimmer geschah etwas Furchtbares. Zitternd tastete ich auf dem Boden umher und erwischte endlich ein Streichholz und die Schachtel, worauf es mir gelang, Licht zu machen.

Erzählungen kamen mir in den Sinn, die ich in meiner Jugend gelesen hatte: von Reisenden, die nachts in einsamen Gasthäusern von den Wirtsleuten überfallen und beraubt und nie wieder gesehen wurden, nie wieder. Der bedeutsam Blick des Kellners, das unheimliche Schrankbett – meine Ahnungen beim Betreten des Hauses hatten mich nicht getrogen.

Eine Waffe!

Mein Revolver war unglückseligerweise auf dem Grund eines der drei Koffer verpackt.

Das Stöhnen wurde von einem kurzen, unartikulierten Aufschrei unterbrochen.

Was tun? Ich strengte meinen Absinthschädel an. Ich war kein Hüne. Man hatte mir aber bei Gelegenheit wirksame Jiu-Jitsu-Griffe beigebracht. Ich übte in aller Todesangst mit der rechten Hand die linke Hand des Gegners packen und über den linken Arm – nein, das war falsch. Ah – einen kurzen Schlag mit der flachen Hand in die Kehlkopfgegend – das war richtig.

Ich faßte mir ein Herz. Aus der Gegend meines Bettes kam das Geächze. Bebend leuchtete ich in den Alkoven, in dem mein Bett eingelassen war. Eine Tür schloß ihn nach der Wandseite ab. Sie war halb geöffnet, was mir in meinem betäubten Zustande, als ich mich niederlegte, entgangen war. Hinter der Tür wurde gestöhnt. Ich nahm meinen ganzen Mut zusammen, drückte die Tür ein wenig auf und leuchtete durch den Spalt.

Ich hatte mich auf ein schreckliches Bild gefaßt gemacht – auf eine blutüberströmte Gestalt, stöhnend auf dem Boden liegend, oder so etwas.

Mein erster Blick beruhigte mich.

Das Nebenzimmer hatte den gleichen Alkoven, und darin stand ebenfalls ein Bett. Zwischen beiden Betten war lediglich die besagte Tür.

In diesem Bett nun lag jemand, ein korpulentes Etwas. Von ihm ging das gräßliche Ächzen aus. Es wurde augenscheinlich von einem schauerlichen Traum gequält.

Ich zog die Tür zu, fest zu – und schob den Riegel auf meiner Seite vor – recht fest.

V.

Schlaftrunken blinzelte ich in das von der Sonne erhellte Zimmer.

Was war das?

Eine alte Frau, wie die böse Hexe aus dem Märchen, stand im Zimmer und machte sich an der Kommode zu schaffen.

Ich lag wie gebannt, rührte mich nicht.

Die Alte nahm etwas aus der Kommodenschublade und verließ mit müden Schritten das Zimmer.

War es ein Spuk, der mich narrte?

Ich hatte mich von meinem Erstaunen noch nicht ganz erholt, da öffnete sich die Tür wieder, ein langer, hagerer Mann in Hemdsärmeln und herabhängenden Hosenträgern ging geheimnisvoll an den Kleiderschrank, legte hastig einige Kleidungsstücke über den Arm und verschwand hinaus, lautlos, wie er gekommen.

Ein eigenartiger Hotelbetrieb.

Ich sprang aus dem Bett.

Abermals ging die Tür, ein kleines Mädchen mit Triefaugen und einer Crèmenase trippelte ins Zimmer. Husch husch eilte es an den Waschtisch, biß ein Stück von meiner Seife ab, kam dann auf mich zu und gab mir dankend seine feuchte Hand. Mit vollen Backen die Seife kauend eilte es hinaus.

Seltsames Land, dieses Corsica. Seltsame Gebräuche.

Ich konnte mich nicht erinnern, in letzter Zeit E. T. A. Hoffmann gelesen zu haben.

Der verdammte Absinth! Mein armer Schädel!

Ich steckte den Kopf in die Waschschüssel. Es zischte laut – dann wurde mir ein wenig besser.

Ich war neugierig, wie Mauzfies sich fühlte. Zu meiner Verwunderung hörte ich, daß er überhaupt noch nicht ins Hotel zurückgekommen sei.

Sollte ihm etwas zugestoßen sein? – Ich beschloß, vor allem gründlich zu frühstücken.

Es war bereits 11 Uhr geworden.

Ich hatte gerade ein Stück gebackenen Fisch im Mund, als sich die Tür auftat und Mauzfies eintrat.

Er hatte die Weste mit dem Rock verknöpft, sonst fiel mir nichts an ihm auf.

»Rubens – Rubens hat bestimmt auch seine Meriten, nur ist der Gedanke an seine Fülle in wärmeren Himmelsstrichen etwas strapaziös«, grinste er, verlangte Teller und Besteck und stach mit dem Messer auf den Fisch ein.

»Nach dem Frühstück gehen wir zur Herzogin«, bestimmte er nach einer Weile mit vollem Munde.

»Ja, aber – –?« Ich murmelte etwas von Toilette machen.

»Ihre unverfälschte Begeisterung für die Schönheiten der Kunst gefällt mir«, sagte er, meine Anrede überhörend. »Sie tragen die große Sehnsucht in sich. Sie leiden am Ekel vor dem Alltag. Durch Botticelli werden Sie ihn überwinden.«

»Zu Rubens raten Sie mir also nicht, Meister?«

Und sofort senkte ich den Blick in den Schoß.

Das war doch immer ein verteufelt unangenehmes Gefühl, wenn er mich ansah. Ich nahm mir vor, nie, aber auch nie wieder mit einem Glasäugigen zu reisen. Man wird einfach verrückt dabei. Man ist in einer beständigen Ungewißheit, verliert allen Halt.

Den Revolver wollte ich jedenfalls einstecken. Natürlich fand ich ihn erst im letzten Koffer.

Bei dem Kellner mit der Fliege am Kinn erkundigte ich mich nach dem Schloß der Herzogin.

»Da wollen Sie hin?« rief er mit schlecht verborgenem Entsetzen.

»Jawohl, wenn Sie nichts dagegen haben. – Wie weit rechnet man?«

»Sie wollen zur Herzogin – mit ihm?« fuhr er verstört fort, indem er mit dem Daumen nach dem Speisesaal deutete.

Kopfschüttelnd ließ er mich stehen und verschwand irgendwohin.

Zurück konnte ich nicht mehr.

An der Saaltür prallte ich mit Mauzfies zusammen, der sein unvermeidliches Paket unterm Arm hatte.

»Wir müssen aufbrechen, die Herzogin ist nicht gewohnt zu warten.«

»Aber der Weg?« meinte ich zaghaft.

Ungerührt schritt er fürbaß, und ich trottete willenlos durch die steilen Gassen hinter ihm her.

»Da«, sagte er, als wir die bekanntlich amphitheatralisch ansteigende Stadt hinter uns hatten, und zeigte auf ein großes weißes Gebäude, das weit in der Ferne auf einem Bergvorsprung thronte.

In der südlichen Sonnenhitze eine liebliche Perspektive.

Hätte ich mich nur auf nichts eingelassen. Und wenn mir nun zu allem auch noch etwas passiert? Wer weiß, was das für eine Sorte Herzogin ist.

Ich dachte an meine armen Angehörigen. Ich hatte gelesen, daß man das in solchen Lagen immer tut. Mir fiel aber ein, wie gleichgültig ich den Leuten zu Hause und diese mir waren.

Glühend schien die Sonne auf uns herab.

Zuweilen blieb Mauzfies stehen, schaute nach Bastia zurück und lächelte leise vor sich hin. Wohl in Erinnerung an die Erlebnisse der vergangenen Nacht.

»Kennen Sie die *Venus Kalipygos*?« fragte er plötzlich schnaufend. »Denken Sie sie sich mit sechs potenziert.«

Ich hatte gar keine Lust, mir etwas so Kompliziertes zu denken, zog meinen Rock aus und wanderte unverdrossen weiter durch die Glut.

Ich Kamel, mich auf diese Sache einzulassen.

Wir marschierten auf einer in den Felsen eingeschlagenen kahlen Straße voll spitzer Steine, die im Bogen um den Fuß des Bergvorsprungs herumführte, auf welchem das Schloß lag. Und bald begann die eigentliche Hauptstrapaze, da Mauzfies sich eigensinnig darauf versteifte, ein Stück Weg abzuschneiden.

»Die Herzogin ist ein Märchen aus dem sechzehnten Jahrhundert«, flüsterte er mir auf einmal ins Ohr.

Es lag gar kein Grund vor, zu flüstern. Er wollte nur Atem schöpfen.

Weiter ging die Kletterei.

»Ich laufe mir todsicher die Füße durch. – Hätten wir doch bloß einen Wagen genommen!« murrte ich vor mich hin.

Er antwortete nicht.

Ich konstatierte mit Vergnügen, daß ihm der Schweiß in Strömen über die Stirn rann, jeden Augenblick wischte er sich mit dem Rockärmel übers Gesicht.

Er verpustete einen Augenblick.

Wir hatten schon eine ordentliche Höhe erreicht. Bastia lag tief unter uns im Sonnenbrand. Weithin glänzte der Azur des Ligurischen Meeres. Wie ein Hauch schwamm im Duft des Horizonts die Insel Elba.

»Nicht nur, daß unsere Kleidung den einfachsten Regeln der Hygiene nicht entspricht, sie ist auch unschön«, sagte Mauzfies und begann sich zu entkleiden.

Mit maßlosem Erstaunen verfolgte ich sein Beginnen.

Die denkwürdige Unterhose wurde vorsichtig über die Zugstiefel abgestreift und behutsam zu einem Bündel zusammengerollt. Befriedigt zog er sich dann wieder an und setzte den Aufstieg fort.

»Eine eigenartige Tönung hat Ihre Unterhose«, bemerkte ich.

»Sehr haltbares Gewebe. Ich kaufte sie vor Monaten in Athen; ich möchte sie nicht entbehren«, meinte Mauzfies mit einem Anflug von Stolz. »Sie gibt sehr warm, darum ziehe ich sie beim Aufstieg aus«, fügte er erklärend hinzu.

Der Ästhet Mauzfies, in der einen Hand die zusammengeknüllte Unterhose, in der anderen Hand das Waschfrauenpaket – ich mußte noch mal eingehend den Kopf schütteln.

Na, die Herzogin wird Augen machen.

Um vier Uhr hielten wir endlich schweißgebadet vor dem Parktor des herzoglichen Schlosses. Aus einer Rosette des schmiedeeisernen Torbeschlags schaute ein kleiner bronzener Schlangenkopf hervor. Mauzfies schien Bescheid zu wissen. Er berührte nur kurz den Schlangenkopf.

Mir klopfte das Herz.

Das Tor ging plötzlich auf und – –

Wahrhaftig, die Sache fing ja allerlei versprechend an.

Ein herkulisch gebauter dunkelfarbiger Mensch in einem violetten indischen Seidengewand und einem mit einer goldenen Agraffe geschmückten Turban stand vor uns, majestätisch wie ein Radscha.

Während ich noch ganz verdattert die pompöse Erscheinung anstarrte, riß Mauzfies ein Blatt seines Notizbuches heraus, auf das er schnell etwas gekritzelt hatte, und überreichte es.

Der Diener führte uns in einen Pavillon nahe bei dem Tor, worauf er abging.

Gesprochen hatte er keinen Ton.

Wir befanden uns in einem mittelgroßen Gemach, dessen Decke, Wände und Boden mit einem glatten Überzug von jenem wunderbaren, in Farbe und Schmelz einzigartigen Porzellan, wie es nur Kopenhagen hervorbringt, bedeckt war. Die wenigen Sitze zeigten das gleiche kostbare Material. Aus versteckten Spalten kamen Staubduschen eines schweren Parfüms, im Augenblick waren wir von dem betäubenden Duft völlig durchtränkt.

»Wir riechen der Herzogin offenbar nicht gut genug«, unterbrach ich das Schweigen.

»Erinnert nicht Kopenhagener Porzellan an die Nocturnes von Whistler?« fragte Mauzfies leise, aber strenge zurück. »Ich sage Ihnen, hier wurde ein Opiumrausch zur Wirklichkeit.«

Ehe ich hierzu etwas Passendes bemerken konnte, erschien der violette Mann wieder und begann mit Mauzfies des längeren zu flüstern. Jeder laute Ton war hier anscheinend verpönt.

Durch schmale Fenster sah man in den Park. Kein Windhauch bewegte die Wipfel der großen Eukalypten, die eine ausgedehnte blühende Asphodeloswiese begrenzten. Müde nur streute eine Magnolie ihre Blätter zu Boden.

Mir war in Verbindung mit dem verdammten schweren Duft nicht ganz wohl zu Mute. Ich war ja noch so jung und schritt da in ein Abenteuer hinein, dessen Ende sich nicht im entferntesten übersehen ließ.

Mauzfies nahm mich beiseite und raunte mir zu:

»Wunderbares werden Sie erleben. Reden Sie unter keinen Umständen, befolgen Sie genau, was ich Ihnen sage. Die Herzogin wünscht uns nicht zu schauen. Sie ist so sensitiv, daß sie irgend etwas Unschönes in der Erscheinung eines fremden Besuchers nicht zu ertragen vermöchte. Sie werden sich also im Hintergrund halten, achten Sie genau auf mich!«

Ah, das war stark. Ich unschön? Am liebsten hätte ich Mauzfies an die schmierige Weste getreten.

Der Turbankerl winkte, und wir traten in einen matt erleuchteten Gang, der sich hinter einem weißgrauen Batikschal mit blauen Arabesken öffnete.

VI.

Dicke Teppiche dämpften unsere Schritte.

Jetzt öffnete der vorangehende Diener eine massive Bronzetür. Eine Kuppelhalle von unerhörten Dimensionen umfing uns, erfüllt von einem opalschillernden Licht, unter dessen stumpfem Glanze alle Dinge den Schein der Wirklichkeit verloren.

Zwischen Palmen und kaktusartigen bizarren Pflanzen lag ein tiefblaues Wasser. Ein silberfarbener Kahn fuhr langsam und lautlos auf uns zu, ihn lenkte ein nackter Knabe von griechisch-klassischem Ebenmaß.

Ob ich wollte oder nicht: ich war glatt erschlagen von dieser Feerie.

Indes, zum Gaffen blieb keine Zeit. Wir stiegen auf Marmorstufen zum Wasser hinab, und der Kahn brachte uns hinüber an eine zweite Marmortreppe. Er glitt von einer unsichtbaren Kraft getrieben dahin. Der schöne Fährknabe stand einer Statue gleich aufrecht hinter uns und träumte ins Grenzenlose.

Willenlos, wie benebelt, saß ich auf meinem weichen Pfühl mit großen Goldtroddeln.

Erst als wir ausgestiegen waren und der schöne Fährmann mit jener charakteristischen Gebärde Douceur heischend mir die Hand hinstreckte, kam ich wieder etwas zu mir. Ich drückte ihm in der Verwirrung, da ich kein kleines Geld bei mir hatte, eine Aspirintablette in die Hand.

Halb verwischt drang von weitem eine seltsam feierlich chromatische Musik an unser Ohr.

An großen Chinavasen vorbei, aus denen schillernde Orchideen mit fleischigen Gliedern hervorkrochen, führte uns der Diener bis zu einem goldgewirkten Vorhang und verschwand.

Ich erschrak, denn ich bemerkte plötzlich, daß im Schatten zwischen den Vasen in blaue Seide gehüllte indische Geschöpfe kauerten, sie hielten flache Schalen aus Bernstein vor sich, und auf diesen Schalen ringelten sich dünne gleißende Schlänglein.

Wie leicht kann da was passieren.

Die Orchideenblüten schienen in dem opalfarbenen Licht, das auch hier von einer unfaßlichen Quelle ausging, je länger ich hinsah, wie wollüstig zuckend um sich zu fühlen.

Mauzfies stand versunken in den Anblick einer Herme des Dionysos.

Der schwere Vorhang wurde zurückgeschlagen – wir traten in das Gemach der Herzogin von Vizzerona-Forli.

Ambradüfte entstiegen in feinen Streifen einem seltsamen juwelenbesetzten Gefäß. Das war das erste, was ich wahrnahm, während wir im Halbdunkel standen.

In einiger Entfernung von uns lag auf einem monumental geformten Ruhebett, auf orientalischen Schals und kostbaren Fellen eine zarte Frauengestalt in schneeigem Musselin, das Gesicht verschleiert, – die Herzogin.

Ein seitlich durch einen Paravent verstellter Leuchter warf ein gedämpftes, ungewisses Licht über das Lager.

Seidenweiche Teppiche schmiegten sich um unsere Füße.

Eine fabelhafte Stimmung. Ich kam nur ordentlich körperlos, wie aufgelöst vor. So etwas hatte ich mir selbst in meinen phantasievollsten Pennälerjahren nicht träumen lassen. Aber ein klein wenig heller hätte es schon sein können.

Die Musselingestalt lud mit einer schmalen, elfenbeinweißen Hand müde zum Platznehmen ein.

Ich ließ mich auf gut Glück in das Dunkel nieder und hatte die Befriedigung, auf irgend etwas Wolliges zu geraten, auf dem sich sitzen ließ.

Eine matte Stimme hauchte: »Mauzfies« und noch etwas, das ich nicht verstand.

Das war die Begrüßung.

Die matte Stimme hauchte weiter: »Botticelli – Venedig – Gottesdienst – – ewige Schönheit.«

Mauzfies starrte gebannt auf die Herzogin, rührte sich aber nicht. Deutlich sah ich eigentlich nur sein Surrogatauge, das noch größer geworden und zu phosphoreszieren schien. Ich mußte flüchtig an das einsam aus der Höhe herniederschauende Auge Gottes in der griechischen Kapelle zu Wiesbaden denken. Unwillkürlich faltete ich die Hände.

»Marion Denis!« Langsam hob die Herzogin den Arm und berührte ein silbernes Glockenspiel. Gespensthaft geräuschlos und gemessen trat ein hoher bleicher Mann in wallendem Purpur an ihr Lager.

Der Herzogin Stimme: »Gabriele Rossetti!«

Der Mann in Purpur verneigte sich leicht, schritt an einen Ebenholzschrein und entnahm ihm ein kostbar gebundenes Buch.

Wieder zitterte der Silberklang des Glockenspiels durch den Raum.

Aus dem mystischen Dunkel lösten sich geschmeidig fünf braune nur mit einem orangefarbenen Schurz bekleidete Epheben. Auf der Stirn eines jeden hing an einem dünnen goldenen Kettchen ein giftig schillernder Smaragd. Die ringgeschmückten Hände hielten seltsame, aus Elfenbein geschnitzte Saiteninstrumente.

Mit verschleierter Stimme begann der Purpurmann jenes wunderbare Sonett Rossettis auf Venedig vorzutragen, und mit leisen Akkorden begleiteten ihn die Jünglinge.

Die Fürstin hatte sich zurückgelehnt, gab sich völlig der Stimmung hin.

Ich wagte kaum zu atmen. So etwas gab es auf der Welt? Niemand würde es mir glauben, wenn ich es später erzählte.

Mauzfies war dicht neben mich gerutscht. Eine Hand krampfte sich in meine Schulter.

Das Sonett ging zu Ende, die Töne verklangen. Die Künstler zogen sich zurück.

Die Herzogin richtete sich auf.

»Sie kommen von Griechenland, Professor Mauzfies«, flüsterte sie und schaute in die Richtung, wo sie Mauzfies vermutete. »Erlebten Sie Thessalien – sahen Sie im Morgengrauen zwischen Zypressen Waldgötter spielen?«

Mein Blick suchte Mauzfies' Athener Unterhose, die er noch immer zusammengeknüdelt unterm Arm haben mußte.

»Beethoven erlebte ich in Griechenland«, flüsterte Mauzfies zurück.

»Als Arier schrieben Sie Ihre ästhetischen Maximen. Auf bernsteinfarbenem Pergament ließ ich handschriftlich in gotischen Majuskeln ein Exemplar herstellen. Es ruht unter den Schätzen meiner Bibliothek.«

Diese Rede hatte die Kraft der Herzogin erschöpft. Sie sank in die Polster zurück.

Ich bekam Stiche in den Kopf von dem Räuchergefäß, das unmittelbar neben mir stand. Mauzfies hauchte: »Griechenland, nun wohl – aber nach Griechenland Venedig!«

Die Herzogin hob den Kopf und seufzte elegisch:

»Tränen von Göttern geweint,
Wurden Venedigs Kristall.«

Mauzfies brachte sein Aperçu an: »Venezianisches Glas ist für mich Mozart.«

Die Silberglocke ertönte, und der Purpurmann trat aus dem Hintergrund vor seine Herrin, von der er einen neuen Auftrag empfing. Kaum hatte sich die Portiere hinter ihm geschlossen, als zwei schlanke Frauen erschienen. Sie trugen das Kostüm Venedigs um das Jahr 1500, weiß stachen die Stirnen von dem goldgefärbten, glattgescheitelten Haar ab. Einem Bilde Veroneses schienen sie entstiegen.

Mehr schwebend als gehend, stellten sie vor uns einen ovalen Tisch aus Onyx, auf dem eine Sammlung der deliziösesten alten venezianischen Gläser standen, und verschwanden, wie sie gekommen.

Es war, als ob diese Kostbarkeiten Eigenlicht besäßen, aus sich selbst leuchteten. Obwohl sie im Dunklen standen, konnten wir sie doch genau betrachten. Ich hielt den Atem an aus Furcht, die zarten Gebilde zu zerstören, dabei litt ich unter der quälenden Einbildung, daß ich heftig niesen müsse – niesen – niesen.

Mauzfies geriet in Ekstase beim Anblick der Gläser, er schnaufte.

Unterdessen waren die fünf Jünglinge wieder hervorgekommen. Sie hatten jetzt andere, geigenähnliche Instrumente, aus zitronengelbem Holz verfertigt. Eine anmutvolle Polonaise vieler kleiner Frauenfüßchen in hohen Stöckelschuhen tänzelte über den Marmorestrich eines Palazzos der Lagunenstadt. In eine wehmütige Melodie gingen die Klänge über, ein Drawida klagte in blauer Gangesnacht um seine gestürzten Götter. Und abermals wechselte die Weise, ein Liebesfrühling blühte auf, köstlich duftig, ein Pastell in Tönen. Dann plötzlich ein wilder, brünstiger Schrei, ein toller Reigen, aufjauchzend in orgiastischer Lust.

Ich fühlte neben mir Mauzfies vor Erregung zittern. Er wußte nicht wohin mit seinen beiden Paketen und schob das Unterhosenbündel vor sich auf eine freie Stelle des Onyxtisches. Mit grotesker Zärtlichkeit glitten seine klobigen Finger über die venezianischen Gedichte. Wie ein widerliches Tier rollte die Unterhose auf und streckte ihre entsetzlichen Fänge nach den gläsernen Märchenblumen aus.

Die Musik schloß mit einem grellen Mißton, der noch eine Weile in der Luft hängen blieb.

Der Schein der Gläser verlosch. Der ganze Tisch, samt Gläser und Unterhose versank in Dunkelheit.

»Schauen Sie dorthin«, bat es vom Ruhebett her, und der Herzogin weiße Hand wies zur Seite. »Lena Griffi, *meretrix onesta*!«

Wir prallten beide zurück.

Aus einer Nische lächelte wahr und wahrhaftig, lichtüberflossen, jene venezianische Hetäre, jene große Sünderin und Lebenskünstlerin, die einen Borgia zu beherrschen vermochte, ihr verführerisches Lächeln.

Mir stand der Verstand still. Ich kniff mich ins Bein, um nun endlich zu wissen, ob ich wachte oder träumte, und schrie wahrnehmbar: Au!

Mauzfies junkste wie ein junger Hund.

Von irgendwoher sprach die verschleierte Stimme des Purpurnen ein Sonett von Petrarca.

Leises Klingen von Vorhangringen, und fortgewischt war die Signorina, ein vorübergehuschter Spuk. Totenstille, nur unterbrochen von dem schweren Atem Mauzfies'. Ich rieb mir die Augen.

Und aufs neue klang die Silberglocke.

Ein blondgelockter Page bot uns auf goldenem Tablett kleine, aus Jaspis geschnittene Schalen an, worin je eine schwarze Pille lag.

»Wer eine Girandole der ewigen göttlichen Schönheit erlebt, kehre nie zurück in den Schmutz der Welt«, tönte hauchhaft der Herzogin Stimme.

Ich flüsterte Mauzfies zu: »Nach Ihnen!«

Er machte eine wütende Bewegung, nahm eine Pille nebst Schale und steckte beides in die Tasche.

Ich folgte seinem Beispiel.

»Es wird Nacht – ich fühle das Nahen der Nacht. Marion Denis. Man bringe mir auf dem Onyxtisch Verrocchios Wunder her, daß ich die Königin der Adria mit der Seele suche.«

Wir waren von der Herzogin Gonzo di Vizzerano-Forli entlassen.

Ein Vorhang rauschte quer durch das Gemach, und hatten wir uns bisher im Finstern befunden, so befanden wir uns nunmehr mit einem Male im Stockfinstern. Erschreckt tastete ich vor mich hin, dabei fuhr ich Mauzfies in den Mund, den er, als wenn er gähne, weit aufgerissen haben mußte.

Aber schon stellte sich der violette Diener ein, mit einer altertümlichen, hochstieligen Laterne bewaffnet. Wir folgten ihm durch einen langen, engen Marmorgang, einen richtigen Darm von Marmor, der schier kein Ende nahm. Mauzfies wankte vor mir her wie ein Betrunkener, und auch ich fand mich merklich unsicher auf den Beinen. Das also war das Schloß der Herzogin von Vizzerona-Forli, das die Herzogin Gonzo di Vizzerona-Forli selber. So so! Und das Leben hatte es nicht gekostet. Endlich tat sich eine Tür auf, wir traten ins Freie, in die Abendsonne, standen vor der Parkmauer.

Na, das war ja glücklich überstanden.

Ich wollte mich bei dem Diener noch bedanken, als er bereits verschwunden war und die Tür ins Schloß fiel.

Wir sahen unter uns wieder Bastia liegen und das Ligurische Meer und begannen, ohne ein Wort zu sagen, den Abstieg.

Nachdem wir eine gute Stunde gegangen sein mochten, brach Mauzfies das Schweigen: »Das Mädel hatte dolle Hüften!«

Ich war baff. Ich hatte überhaupt nur etwas Weißes gesehen, das leise sprach und sehr zerbrechlich schien. Außerdem fand ich es gerade von Mauzfies höchst merkwürdig, von der Herzogin als von einem Mädel zu reden.

»Die Herzogin – dolle Hüften?« fragte ich gedehnt.

»Tor – die Königin von Madagaskar!« erhielt ich zur Antwort.

Der Mann war unbedingt verrückt.

Im übrigen fiel mir auf, während ich ihn unauffällig von der Seite musterte, daß er nur sein Zeitungspaket bei sich hatte.

Feixend erkundigte ich mich, wo er seine Unterhose habe.

Er erbleichte sofort.

»Jetzt habe ich die im Schloß vergessen! Himmel! Herrgott! Wo da nur?«

»Zwischen die venezianischen Gläser haben Sie sie geschoben.«

»Recht – – wissen Sie, Sie können mir einen Gefallen tun.«

»Mit Vergnügen«, antwortete ich wohlerzogen.

»Gehen Sie, bitte, zurück«, – wir waren unterdessen ziemlich am Fuße des Bergvorsprungs angelangt – »und holen Sie die Hose.«

»Nicht um alles in der Welt!« schwor ich. »Die alte, dreckige Hose können Sie doch gut im Stich lassen.«

»So, den Gefallen wollen Sie mir nicht tun? Heranschmarotzen an mich konnten Sie!« Er wurde blau vor Wut und hielt mir drohend die Faust vor die Nase. »Ich habe mich gründlich in Ihnen getäuscht, Sie Flegel!«

»Nun«, sagte ich kalt, »was die Flegelei angeht, so ist sie wohl mehr auf Ihrer Seite. Und ein unglaublicher Schmierfink sind Sie nebenbei auch.«

Er warf einen Stein nach mir.

Ich zog meinen Revolver und zielte auf sein Glasauge. Es hatte mich, weiß Gott, genug geniert.

Mit einem großartigen Pathos, als ob er aus irgendeinem biblischen Felsen Wasser schlagen wolle, erhob er die Hand.

Und noch einmal unterlag ich der Suggestion dieses leblosen starren Auges. Ich ließ die Waffe sinken.

Er drehte sich um und kletterte den Hang hinauf. Die Kammgarnhose war ihm über die Strippe des linken Zugstiefels gerutscht, die Mütze mit dem Zelluloidschirm saß zornig im Nacken. Er glich einem Bergtroll. Geröll prasselte zu Tal.

Ich hatte zuviel erlebt, langsam döste ich nach Bastia.

VIII.

In der Nacht träumte ich ziemlich stürmisch von einer Musselingestalt. Dann war plötzlich mir nichts dir nichts Lena Griffi daraus geworden. Sie lächelte, lächelte, bis mit einem Mal ihr sündhaft schönes Gesicht sich angstvoll verzerrte. Dumpfe Kanonenschläge ließen das Schloß in seinen Grundfesten erzittern.

»Der schreckliche Pasquale Paoli!« flüsterte die Hetäre. »Er wagt es, seine Vaterstadt zu beschießen!« Sie verbarg den Kopf unter der Decke.

»Verdammte Antizipation!« rief ich, wütend über die Störung – und erwachte.

»Geben Sie gefälligst Ruhe!« sagte dicht neben meinem Bett hinter der Tür eine schleimige Stimme auf italienisch.

»Maul halten!« erwiderte ich schlaftrunken und deutsch.

Es war schon wieder hell.

Gerade wollte ich nach der Uhr greifen, als der Hausknecht mit dem Nußknackergesicht und der grünen Schürze geräuschlos, als ob er auf Filztappen gehe, ins Zimmer trat. Meine Stiefel, die wie überirdisch glänzten, auf den Handtellern vor sich haltend, machte er langsam sechsmal die Kniebeuge.

Zum Teufel, ich hatte doch abgeschlossen, ehe ich mich schlafen legte. Ich richtete mich auf. Der Hausknecht lächelte, lächelte, stellte meine Stiefel oben auf den Kleiderschrank und verschwand.

Diesmal hatte ich ja keine Absinthorgien hinter mir.

Das waren Hotelsitten, mit denen man sich offenbar abfinden mußte.

Aber der entzückende Traum war nun einmal zu Ende und erfahrungsgemäß nicht wieder einzufangen. Ich entschloß mich aufzustehen. Mauzfies fiel mir ein, da ich gähnend in die Unterhose schlüpfte. Ob er die seinige zurückerlangt hatte? Und wo mochte er stecken?

Natürlich standen meine Stiefel nicht auf dem Schrank, sondern draußen vor der Tür, miserabel geputzt.

Oh, der Tag sollte mir noch mancherlei weitere Überraschungen bringen. Wer stellt sich den Schrecken vor, der mich erfaßte, als ich beim Frühstück, ahnungslos den Petit Bastiais überfliegend, las, die Herzogin Gonzo di Vizzerona-Forli habe am verflossenen Abend gegen sieben Uhr der Schlag getroffen.

Der traditionelle Bissen blieb mir prompt im Halse stecken.

Gegen sieben Uhr – – um diese Zeit ungefähr waren wir von ihr fortgegangen.

Scheußlich! Scheußlich!

So kann man schlicht am unverhofften Anblick einer alten Jägerunterhose sterben, die einem nicht einmal zugehört.

Übrigens hatte die Herzogin das immerhin reife Alter von vierundfünfzig Jahren erreicht. Dafür war sie wirklich noch recht rüstig gewesen.

Der Kellner mit der widerlichen Fliege am Kinn besaß die Frechheit, sich nach meinem Freunde zu erkundigen. Nachdrücklich bedeutete ich ihm, daß von irgend welcher Freundschaft zwischen mir und Professor Mauzfies keine Rede sein könne. O nein! Von dem Gedanken, einmal mit dieser Bekanntschaft zu renommieren, war ich gründlich geheilt. Ob denn der Herr etwa seine Rechnung nicht beglichen habe? fragte ich. Doch er habe gezahlt – *certainement!*

Außer seiner landschaftlichen Szenerie bietet Bastia wenig Sehenswertes. Mit der Marmorstatue Napoleons ist man schnell fertig, und die Besichtigung französischer und italienischer Zitadellen läuft selten ohne Scherereien ab, die sich nicht verlohnen. Nachdem ich eine halbe Stunde planlos und ziemlich gelangweilt über die Promenade gebummelt war, entsann ich mich plötzlich, daß die Stadt in Anbetracht der häufigen gewaltsamen Todesfälle ja wohl auch ihre Morgue haben müsse. Mag sein, daß ich im Vorbeigehen mit halbem Ohr unter zwei sich begrüßenden Corsen das Wort *Morgue* fallen hörte. Gleichviel, der Gedanke hatte sich in mir festgehakt. Für gewöhnliche, gut bürgerliche Leichen habe ich kaum etwas übrig, schon gar nicht kurz vor dem Diner, aber eine Morgue ist unbedingt eine Sache für sich. Morgue, das klingt so düster, so romanhaft unheimlich nach der Schattenseite des menschlichen Daseins. Es war einer jener Einfälle, die einen gleichsam überfallen, die einem später wie ein dunkler Drang erscheinen und deren geheimnisvoller Kraft man gefolgt ist, man weiß nicht, wie es kam.

Ich ahnte nicht, während ich mich zu Recht fragte, was mich erwartete.

Drei Tote lagen in dem Gewölbe, eine Frau und zwei Männer. Nahm man hier den Hut ab? zögerte ich im Eingang. Sicher ist sicher, sagte ich mit und entblößte den Kopf. Ehe ich aber noch couragiert näher treten konnte, prallte ich heftig zurück, sehr heftig. Abseits lag noch eine vierte Leiche, und ein großes, starres Auge glotzte mich an, ein Auge, das ich nur zu gut kannte und das sich nie und nimmer zudrücken ließ.

Etwas wie Übelkeit überkam mich.

Der Raum, kahl, kalt und trostlos verwahrlost, hatte wirklich nicht die geringste Ähnlichkeit mit einem Vergnügungslokal.

Armer Mauzfies. Er mußte aus dem Wasser gezogen worden sein. Armer Aesthet! Dies dein Ende! Nein, nein, es war kein Ende in Schönheit!

Da konntest du dich gestern noch an Alt-Venedigs Glaswundern berauschen, eine Girandole erlesenster Kultur mit all der Begeisterung erleben, die dir eigen war, und heute hausest du, eine unbekannte Wasserleiche, in der schmutzigen Totenspelunke der kleinen, schmutzigen Stadt Bastia.

Tote darf man unter allen Umständen duzen. Es ist ein nirgends bestrittenes Privilegium der Lebenden.

»Botticelli!« rief ich laut, als ob das das Schibboleth wäre, mit dem man ihn auferwecken könnte.

»Entschuldigen Sie«, kam der Wärter auf mich zugeschlürft, »entschuldigen Sie – Botticelli – hieß so dieser Tote?«

Ich gab an, was ich über die Personalien Mauzfies' wußte, und man war mir sehr dankbar dafür. Ich erfuhr, daß man die Leiche aus dem alten Hafen herausgefischt habe. Der Herr sei in einem berüchtigten Haus des Hafenviertels von einem Matrosen erstochen worden.

»Ah, die Königin von Madagaskar!« entfuhr es mir.

»Ganz recht«, bestätigte der Wärter. »Die Leiche sollte dann im Hafen verschwinden. Zum Glück erwischte man den Kerl, als er seine Last ins Wasser gleiten ließ. O la la, der Dolch sitzt locker hierzulande, das Blut ist heiß!« Er selber stammte aus der Normandie.

Wie Mauzfies dalag auf der Pritsche, das eine Auge geschlossen, das andere weit geöffnet, sah grausig verrückt aus.

»Man müßte ihm das Auge mit schwarzem Pflaster verkleben«, sagte ich.

Der Wächter lachte. Verroht in seinem Amte, meinte er, ich scherze.

Im Hotel grübelte ich sieben ganz schmackhafte Gänge und dazu eine Flasche trauerhaft schweren Burgunders in mich hinein. Oh, der Mensch ist ein pietätloser Egoist, wenn er Hunger hat. Abgesehen davon, trauert es sich auch viel besser in gesättigtem Zustande, man kann sich eigentlich erst dann restlos auf den Toten konzentrieren. Und wohl gesättigt und mit einem Entschlusse fertig, erhob ich mich und verließ den Speisesaal und das Hotel.

Vielleicht konnte man nun endlich erfahren, was das Waschfrauenpaket enthielt.

Aber es war nirgends zu ermitteln, weder auf der Mairie, noch auf dem Gericht, noch sonst wo. Man zuckte die Schultern. Monsieur le Professeur habe weiter nichts hinterlassen, als was er auf dem Leibe trug.

Die Kneipe, in der das Unglück geschah, fand ich von amtswegen versiegelt. Die Königin von Madagaskar war mit ihrem Galan verhaftet worden.

Das Paket war und blieb verschwunden.

Das ging mir sehr nahe.

Andern Morgens fuhr ich, dem Reiseplan meines heimgegangenen Onkels folgend, nach Ajaccio weiter.

Heute noch brüte ich bisweilen über dem ungelösten Rätsel, das die alte Athinai-Nummer umschlossen hatte.

Und es sind seitdem doch schon gut zehn Jahre verstrichen.

Über tredition

Eigenes Buch veröffentlichen

tredition wurde 2006 in Hamburg gegründet und hat seither mehrere tausend Buchtitel veröffentlicht. Autoren veröffentlichen in wenigen leichten Schritten gedruckte Bücher, e-Books und audio-Books. tredition hat das Ziel, die beste und fairste Veröffentlichungsmöglichkeit für Autoren zu bieten.

tredition wurde mit der Erkenntnis gegründet, dass nur etwa jedes 200. bei Verlagen eingereichte Manuskript veröffentlicht wird. Dabei hat jedes Buch seinen Markt, also seine Leser. tredition sorgt dafür, dass für jedes Buch die Leserschaft auch erreicht wird.

Im einzigartigen Literatur-Netzwerk von tredition bieten zahlreiche Literatur-Partner (das sind Lektoren, Übersetzer, Hörbuchsprecher und Illustratoren) ihre Dienstleistung an, um Manuskripte zu verbessern oder die Vielfalt zu erhöhen. Autoren vereinbaren direkt mit den Literatur-Partnern die Konditionen ihrer Zusammenarbeit und partizipieren gemeinsam am Erfolg des Buches.

Das gesamte Verlagsprogramm von tredition ist bei allen stationären Buchhandlungen und Online-Buchhändlern wie z. B. Amazon erhältlich. e-Books stehen bei den führenden Online-Portalen (z. B. iBookstore von Apple oder Kindle von Amazon) zum Verkauf.

Einfach leicht ein Buch veröffentlichen: **www.tredition.de**

Eigene Buchreihe oder eigenen Verlag gründen

Seit 2009 bietet tredition sein Verlagskonzept auch als sogenanntes "White-Label" an. Das bedeutet, dass andere Unternehmen, Institutionen und Personen risikofrei und unkompliziert selbst zum Herausgeber von Büchern und Buchreihen unter eigener Marke werden können. tredition übernimmt dabei das komplette Herstellungs- und Distributionsrisiko.

Zahlreiche Zeitschriften-, Zeitungs- und Buchverlage, Universitäten, Forschungseinrichtungen u.v.m. nutzen diese Dienstleistung von tredition, um unter eigener Marke ohne Risiko Bücher zu verlegen.

Alle Informationen im Internet: **www.tredition.de/fuer-verlage**

tredition wurde mit mehreren Innovationspreisen ausgezeichnet, u. a. mit dem Webfuture Award und dem Innovationspreis der Buch Digitale.

tredition ist Mitglied im Börsenverein des Deutschen Buchhandels.

Dieses Werk elektronisch lesen

Dieses Werk ist Teil der Gutenberg-DE Edition DVD. Diese enthält das komplette Archiv des Projekt Gutenberg-DE. Die DVD ist im Internet erhältlich auf **http://gutenbergshop.abc.de**

Zeitfracht Medien GmbH
Ferdinand-Jühlke-Straße 7
99095 Erfurt, Deutschland
produktsicherheit@kolibri360.de